樟の窓

kusunoki no mado

短歌日記 2021

大辻隆弘

Otsuji Takahiro

ふらんす堂

一月

一月一日　河畔

霧のなかを歩める鷺がひとつづつ夜明けの夢を滅ぼしてゆく

一月二日　庭

おのづから滲める黒をおもふまで雁来紅《かまつか》の葉の紅《あけ》はきはまる

一月三日　祓川

もみぢせし岸の櫟《くぬぎ》も葉を落としあかるくなりぬ冬の汀《みぎは》は

一月四日　冬至より一句

黄《き》緑《みどり》の絵具を足してゆくやうにノースライトの窓があかるむ

一月五日　岡井隆の誕生日

亡きひとの生誕の日を嘉《よみ》せむはさびし遙かに川明かりして

一月六日　インベンション

輻湊をする低音がたゆたひてバッハは沼だ、川などでなく

一月七日　侮蔑

酔ひ著《しる》き声に聞きたる「ああ、君が岡井の犬か」と言ひしひとこと

一月八日　三学期

坂くだる少年ふたり自転車の銀のお尻が寄りて離れて

一月九日　夢

岨《そば》道《みち》が森につづいて小寒のけさ見た夢はややカフカ的

一月十日　調律

耳潭《ふか》き青年が来て錘鉛を降ろせるやうに打音を糺《ただ》す

一月十一日　退職前の父

ガリ版に星取表を切りてゐき相撲賭博の胴元として

一月十二日　検診

降参のかたちに諸手《もろて》さしあげて冷《さむ》きひかりの輪に斬られをり

一月十三日　二年現代文「こころ」

首もとに押し当つる刃の冷たさを思ひみよとぞわれは言ひたる

一月十四日　耳漏

耳孔といふ暗き井戸より朝々に汲むべき水のありといはなくに

一月十五日　通勤途上

東《ひむがし》に雲の平《たひら》が移動してターナーの絵のごとき曇天

一月十六日　賽日

夢のなかにわが抱くアルトサックスは冷々としていつも鳴らない

一月十七日　退職予定者セミナー

冬枯れの谿《たに》へせばまりゆく道をそぼそぼとゆく心と言はめ

一月十八日　途上

冷ややけき手摺に紙をあてがひて歌の欠片《かけら》を書き記したり

一月十九日　エコー

3Dの顔に彫《ゑ》られてゆく耳《みみ》、目《め》　薄気味悪しとまでは言はねど

一月二十日　大寒

くれなゐの薔薇《さうび》の棘《とげ》がゆびに触れゆびを刺したるごとき暁紅《げうこう》

一月二十一日　新会員推薦

御推薦をお願ひしますといふ手紙さびしみ読みて推薦をせり

一月二十二日　ツヴァイク

権力はひそやかにしも用ふべしジョセフ・フーシェのごとくしづけく

懇親会なきは気やすく傾《かし》ぎたる陽ざしあかるき道に別れぬ

一月二十四日　午後

曖《おくび》より小さき神がひとつ生《あ》れ、またひとつ生れ、昇天をする

一月二十五日　K

「もつと早く死ぬべきだのに」などといふ言葉も若き傲慢に過ぎず

一月二十六日　主任オンライン会議

沈黙を墳墓のごとくあらしめ、といふ声はしてわれは黙しぬ

一月二十七日　往反

ランプウェイの上にひろごる夕空へ突つ込んでゆくアクセルを踏んで

一月二十八日　閉館業務

本の背が凍りはじめて書架の上《へ》を主《ぬし》なき言葉たちが漾《ただよ》ふ

一月二十九日　消毒液で荒れる

手の甲をさすれば膚は毳《けば》だちてダリの麺麭《ぱん》籠《かご》などをおもひつ

一月三十日　鶏始乳

馬の首のかたちの雲が冬の日を隠して空を移らむとせり

一月三十一日　一月尽

北に向き流るる川はさびしきを鳰《にほ》鳴けり喉ふるはせながら

二月

二月一日　祓川

葦むらの影にかくれて鷺ふたつ身を寄せあへり雪のあしたを

二月二日　節分

星座盤アプリを入れてもう冬が終らうとする夜空にかざす

二月三日　立春

あをぞらの青に滲まぬ旗ひとつ欲しとぞおもふ春立つ朝に

二月四日　浴後

わが髪はもしや夏草、ドライヤーのターボボタンを押せば靡きて

二月五日　「新冠病毒防控対策」といふ中国語

新冠と書けばなにやら栄耀を帯びたるごとしウイルスといへど

二月六日　吉祥寺

堀切の線路の横の下り坂ウーバーイーツの自転車がゆく

二月七日　岡井隆追悼特集

死んでから批判するのは何となく卑怯ぢやないか、常のことにあれど

二月八日　再読

諦めてゐたのに不意に見つかりぬ紫のいろ褪《さ》めし「ネフスキイ」

二月九日　モリスとよぶ実直さうな自転車（岡井隆）

武蔵野の春ゆるやかな坂をゆく自転車ナジャとその夫《つま》モリス

二月十日　ラシュディ「真夜中の子供たち」

透明の蛭が暗紅色となり脛喰ひちぎるまでを読みたり

粗《あら》草《くさ》があかく輝く時がありけふのあしたは夜明けの続き

二月十二日　旧元日

得《う》べくんばわれをして使徒たらしめよさもなくば野を渡る夏風

二月十三日　夜

清潔な車内を見せて急行が闇の顎《あぎと》に吸ひこまれたり

二月十四日　祓川

舌のやうに延びる中洲がうつすらと向かうの岸に触れむとしたり

二月十五日　西行

群だちていま山裾を責めやまぬ野火あり西にむかふ車窓に

二月十六日　庭

見おろせばどこか古老の趣を帯びたる梅がもう六分咲き

二月十七日　パヴェーゼ「流刑」

まなざしを冷たき壁にめぐらせてそののち深くわれを見つめき

二月十八日　雨水

川沿ひをきて翡翠《かはせみ》をふたつ見きはなやぐ春の来たる徴《しるし》に

二月十九日　夜雲

夜の空に雲の母艦をこぞらせて聯合艦隊司令長官の私《わたくし》

二月二十日　最後の土曜授業

あきらめは胸に及びて後ろ手に冷えたるノブのドアを閉ぢたり

二月二十一日　記者に

原発を弁護したりし師の歌の弁護をしつつ午後は過ぎたり

二月二十二日　星座盤アプリ

ゆらゆらと獅子座がのぼり春となる東の空は潤ふらしも

二月二十三日　天皇誕生日

半ズボンより覗きたる太股のましろき頃の浩宮様

二月二十四日　春嵐

眼でさはるのならばいいか、スカートの柔らかき襞が脚に張りつく二月二十五日「雨」

並びたる紫紺の背《せな》がうつくしい新潮文庫モーム数冊

二月二十六日　芽吹

眠いよなあとつぶやくだらう樹に言葉が、仮に言葉があつたとしたら

二月二十七日　暁夢

冷たさがいまだ残りて夢のなかで泣いてゐたことだけが実在

二月二十八日「灯台へ」

ヴァージニア・ウルフは怖い、なかんづく行つてしまつたやうなその眸《まみ》

三月

三月一日　木曾川

ひろらかにひかりとなりし葦原のあはひを朝の潮はひたしぬ

三月二日　パヴェーゼ「月と篝火」

昨夜《きぞ》読みし丘の場面がよみがへり今は亡き人ばかり親しい

三月三日　症歴九年

花粉症いまだ患はざるころの春をおもひぬ、おほいぬふぐり

三月四日　葦の印象

葦むらに身を潜ませて何の鳥か乾ける茎を揺らしゐるらし

三月五日　美術部

踊り場に画架を開きて少年が塗りあげてゆく水浅葱色

三月六日　軽装の歌集ばかり流行る

てのひらの丘をページに圧し当てて今日届きたる歌集を開く

三月七日　「空間の現象学」

隠れなさが滅びゆくとき隔たりが切り開かれてゆくとし言へり

三月八日　尉鶲

枯草の絡《から》みのなかに身を置いて飛び立つまでのためらひを見つ

三月九日　花の名

桜桃は実のなるさくら、はなももは花美《は》しき桃　君が教へし

三月十日　祓川

青竹をくべたるらしく川べりの土が脂《あぶら》に黒ずみてをり

三月十一日　十年

美しく油断してゐた、全電源喪失といふ声を聞くまで

三月十二日　「ジャン・クリストフ」

ぬめぬめと粘つく夜の敷石を踏みゆくときの逃亡者われ

三月十三日　イオンモール明和

ショッピングカートを連ね押してゆくひとの仕事の愉《たの》しきごとし

三月十四日　クリストフ

傲慢は若きがゆゑとおほどかにおもほゆるまで衰へぬらむ

三月十五日　内示

中庭に木の芽おこしの雨は降りこの学校を去る日ちかづく

三月十六日　司書室の窓

意に添はぬ内示を受けて木蓮の雨を見てゐしあれはいつの日

三月十七日　電話

きつぱりと教師を辞めぬ理《ゆゑ》由《よし》を問ひ質《ただ》しくるひとりありたり

三月十八日　深更

膝折りて夜《よ》半《は》の湯舟に坐るときふたつ海嶺のごときわが膝

三月十九日　祓川

岸と水の境にとほく眼をやりて青年が鶺鴒を指さす

三月二十日　疾風

アスファルトの上に倒れし自転車の前輪がいま見あげゐる空

三月二十一日　オンライン歌会

鞍点といふ語を巡りわが歌評うだうだとなるその過程あはれ

三月二十二日　修了式

グラウンドの涯《はたて》にありて風の日はとほく潮騒のごとく鳴る樟《くす》

三月二十三日　中日・日本ハム戦

脱臼をしてマウンドに崩《くづ》ほれし木下雄介をわれは悲しぶ

三月二十四日　父の命日

昏睡の父の辺にゐて垂り下りやまざる洟《はな》を擤《はなが》みしこと

三月二十五日　就寝前

聖書《バイブル》にあらねど寝落ちせむまでを読むジャン・クリストフの数頁

三月二十六日　昨夜読んだ箇所

その夜、神は彼のひだりを通り過ぎその影がそつと肩に触つた

三月二十七日　校正

三月の未来発行所に来たり小さな傘に雨を受けつつ

三月二十八日　偶成

「豌豆のごとく爆ぜたる人体」と読みしが何の一節なりし

三月二十九日　離任式

離任式終へて見てをり紫木蓮いまだ冬木のままの中庭

三月三十日　残務整理

シュレッダーに切りきざまれし紙切れが辛夷《こぶし》の花に見ゆるたまゆら

ここは私がゐる場所などではないのだと長く思ひて職を続け来つ

四月

四月一日　麦

陽のなかに鳴いてのぼつてゆく雲雀いつ息つぎをするのであらう

四月二日　夕

逆光の傾《なだ》りの草がかがやいて遙けし崖の上までの距離

四月三日　「ジャン・クリストフ」読了

世界苦などといふものがあり前世紀初頭西欧を浸潤したり

四月四日　墓参

風化する砂の墓碑銘《エピタフ》ひとたびは手触《たふ》れふたたび指に触《さや》りつ

四月五日　送別会中止

惜しまるることなく去りし寂しさもあはれ一《ひと》夜《よ》をすぎて静けし

四月六日　再任用、週三日勤務

新たなる職場は樟《くす》が風に鳴る下影にわが車を駐めて

四月七日　窓

桃の散るむかうに見えて遙かなる麦の葉むらは濃くなる緑

四月八日　佐藤歯科

緩慢に崩《くづ》ほれさせてゆくことが仕事、と言ひぬ歯科医の彼は

四月九日　途上

梨しろく咲く丘見えて近江日野上《かみ》駒《こま》月《づき》といふところ過ぐ

四月十日　近江番場蓮華寺

梅の蕊かぐろく残る傍《かたは》らにわれは立ちたり聖《ひじり》のごとく

四月十一日　同

三葉躑躅の花の盛りに来《こ》よといふ斜《なだ》りを占めて咲かむ紫

四月十二日　進路指導室の窓

樟《くす》の葉の濃き影ゆれてそのひだり欅《けやき》のあはき翳がさはやぐ

四月十三日　学校は駐屯地の近く

はなびらの流るる窓を双発の軍用ヘリが浮きあがりたり

四月十四日　饅

螢烏賊のまなこ零れてゐたりけり伊万里の皿の青きおもてに

四月十五日　イオンモール明和

小間切れの豚を購《か》ふため肉色の光あかるき前に立ちたり

四月十六日　ＷＲＣ第三戦

クロアチアの村のしづかな春をゆくラリー車を見つ夜半の画面に

四月十七日　午後

テーブルをなぞれば粗くざらついた感情が指にはりついてくる

四月十八日　四月号

歌誌「未来」のページが指を切り裂いてわたしは渇くわたしの歌に

四月十九日　月金は休日

はなやげる午後の残滓を卓上に置きざりにして夕暮れが来つ

四月二十日　穀雨

じんなりと湿る毛布が頸すぢに張りつくごとし雨を歩めば

四月二十一日　晴

春《しゅん》昼《ちゅう》の車道のうへに自動車は影それぞれに敷きて停れり

四月二十二日　「フェルメールとその時代展」

デ・ホーホの絵画の奥に天鵞絨《びろーど》の触感がある日ざしが届く

四月二十三日　夕景

影として幹たちならぶ森のなかを遠ざかるひと、あれが私だ

四月二十四日　アナトール・フランス「神々は渇く」

権力を私《わたくし》したる者なべて濁りゆく迅《はや》し宜《むべ》にしもあれど

四月二十五日　ワクチン不足

神託のごとくにも聞こゆこの秋に来む飛ぶ鳥のアストラゼネカ

四月二十六日　河畔

愕《おど》《ろ》くべき近さにありし青鷺が濁《だ》みだむ声に鳴きて飛び立つ

四月二十七日　本来は一点

辻の字が二点之《しん》繞《ねう》になりし日に何か偉くなりたる感じしたりき

四月二十八日　訃報

死にたかつただらう死なせてあげれたらよかつた、といふ嗄《か》れたる声に

四月二十九日　昭和の日

少年がおのが拳《こぶし》を噛みてをりやがて来む悔しみの予習に

四月三十日　奥美濃

山あひは今なほ寒き春にして晩《おそ》きさくらの白に逢ひたり

五月

五月一日　廃村

花《け》井《ゐ》といふ村あり夜《よる》は鹿たちが月のひかりに跳ぶといふ村

五月二日　富山

春の空にはかに曇りさむざむと運河が北に開く街に来つ

五月三日　同

高志の国文学館は水楢の若葉しづくする森のなかにあり

五月四日　祓川

泥水にきぞ浸されてゐし草は既に乾きぬおもて汚れて

五月五日　中日センタービル跡

街上にメタセコイアの実ひとつあり或いは曙《あけぼの》杉《すぎ》の鞠《まり》とも言へり

五月六日　凝視

鰙《わかさぎ》の身体が黄金《きん》の照りを帯び油に浮かび来むまでを待つ

五月七日　中庭

丸《まる》鋸《のこ》の刃先に茎が当たる音ときに小石を爆《は》ずる交じへて

五月八日　斎宮駅

石壁がひだりに添ひてわが脚をひとつ方位にうながしてゆく

五月九日　「未来」編集委員会

大いなるわが負荷として浅茅生《あさぢふ》の「岡井隆をしのぶ会」あり

五月十日　窓

青ばしる揺れを加ふる遠き樹《き》が夏の樹となるまでを見てゐし

五月十一日　ジャン・ジオノ「丘」

堕天使のふたばしら来て唐突に西の泉が涸れたと言へり

五月十二日　文献渉猟

明治期の惹句《コピー》は奇天烈に過ぎて「駭心瞠目不可思議神變」

五月十三日　農場

時の手が撫で拡げゆく野はありぬいまひと色の緑となりて

五月十四日　パブロ・ピカソ

抽象をされゆくひとの肉体を素描の線の奥に見たりき

五月十五日　ヘンリー・ムーア

おもひきり開かれてゐる両膝のあはひを走る軽羅の布は

五月十六日　星の王子さまミュージアム

サン・テグジュペリはカルロス・ゴーンに肖《に》てゐると見つつ嗤《わら》ひぬ廊の半ばに

五月十七日　帰路

品川駅二十四番線ホームうすら寒さのなかに飯《いひ》食む

五月十八日　神西清訳「はつ恋」

情人の宅へと走る父の馬それを追ひゆく俺は駄馬だが

五月十九日　夕照

初夏の闇ひろごる空にひと粒の瑪瑙を置きてゆきし指あり

五月二十日　漕代駅

駅を出た所にあまたなる猫が閉ぢ込められてゐる小屋がある

五月二十一日　在宅

宅配のバイクを吹かす音がして午前はすでに潭《ふか》くなりたり

五月二十二日　ルー・ゲーリック

ルードヴィヒ・ゲーリヒと呼べば王侯の香気のごときものがなづさふ

五月二十三日　梅雨入

水でさへしづかに水に濡れてゆく雨だ、けさから降りやまぬのは

五月二十四日　雨

荒縄を伝つて死者が還り来るかのごとき雨、降りやまぬのは

五月二十五日　草

夏草を抜きをり何が悲しうて夢のなかにて庭にしやがみて

五月二十六日　ゾラ「大地」

うづたかく積みたる麦の穂を叩きたたきて汗に濡れゆくからだ

五月二十七日　偶成

暗愁にくぐもるごとくありし日の眼は何も見ず瑠璃も雲雀も

五月二十八日　部屋

陽のひかりから引き算をするやうに立ちうつくしいひとだあなたは

五月二十九日　深更

背をまげて足の指《おゆび》の爪を切る爪はさびしき音に弾けつ

五月三十日　窓

あさかげのなかに浮かめる夏燕あぶら照りせる背中ひろげて

五月三十一日　番

翡翠《かはせみ》のふたつ並びて右の方の下くちびるの赤いのが雌

六月

六月一日　庭

降りてみてくださいといふ声はしつ庭《には》石《ぜき》菖《しやう》の盛りを告げて

六月二日　出勤途上

昨夜《きぞ》の背のごとき丸《まろ》みを帯びながら雨に濡れゐるアスファルト見ゆ

六月三日　永田和宏氏との対談映像

寝不足の顔を下から映されて容貌はかくいつの日も無慚

六月四日　東京ステーションホテル

カーテンの襞の光がゆらぎゐる部屋に素描の横顔を置く

六月五日　岡井隆をしのぶ会

近藤はマタイ、岡井はフォーレのレクイエム　花を捧ぐるときに聞きしは

六月六日　同

転調をしてソプラノの声になるときに嗚咽はこみあげてきつ

六月七日　朝

枇杷の実の灯る疎林が見えてをりひえびえとした靄をとほして

六月八日　歳月

みづうみが内湖を捨ててゆつくりと北上をするやうな別れだ

六月九日　朝

ブロッコリ、その暗緑にしづもれる森のごときを皿に並べつ

六月十日　出勤前

柿の花みな仰向けに散り敷きて箱のかたちのままに乾けり

六月十一日　亡友

柿の木にかすかに姉の匂ひすと告げたるひとは早く逝きにき

六月十二日　庭

射干《しやが》の花咲きたり射干はそのかみの河野裕子が好きだつた花

六月十三日　部屋

腐蝕画の額が掲げてある下にその鼻づらを洗ふ大猫

六月十四日　雨中

鳥たちが身じろぎをしてふたひらの羽根の擦《こす》るる音をさせをり

六月十五日　終業

プルトップぷしゅりと開けてグビリと飲みあああやってられつかと言ひたり

六月十六日　アカシア蜜

蜂蜜の琥珀の壜を抽斗《ひきだし》の闇うすらなる底にしまへり

六月十七日　マン「ワイマルのロッテ」

「あの方」と出逢ひたるゆゑ運命を捻ぢ曲げられし者どもの話

六月十八日　思慕

櫨《はぜ》の木の木下に揺るるはつなつの陽の斑《ふ》を踏んで逢ひにゆきけり

六月十九日　裏窓の風景

塔《あららぎ》の陶《すゑ》つやめくと見るまでに磨かれて朴の幹は立ちをり

六月二十日　老ゲーテの言葉

死と生の膚接をここに啓示して蛋白石は鈍く耀《かがよ》ふ

六月二十一日　夏至

底《そこ》紅《べに》の木槿のはなの咲く頃が夏の至《きはみ》とながく思ひ来《こ》し

六月二十二日　雨

繊《ほそ》い雨の網が降ろされゆく向かう今朝沈まざる島影ひとつ

六月二十三日　セパ交流戦

スパンジェンバーグといふ名うつくしく外角球を左に運ぶ

六月二十四日　大塚

薔薇の花ゆらして走る荒川の都電の坂のあたり子が住む

六月二十五日　「オネーギン」

金色の燠火が灰につつまれて燃え尽くるまでを猫が見てゐる

六月二十六日　雨

予てより決まりゐし雨、巻爪の人差し指が痛みはじめて

六月二十七日　ドラマ

マスク無き世界観にて創られし世界にハグをしてゐるふたり

六月二十八日　口座

かすかなる利殖を求め退職金の一千万を保険に移す

六月二十九日　路上

刈りとられたちまち乾く刺草《いらくさ》のみどり褪せゆくさまも見たりき

六月三十日　中庭

四照花のはなびら落ちて濃みどりの軸は立てりき枝《えだ》より直《ぢか》に

七月

さやさやと浮かむ夕合歓これの生《よ》の復路半ばのあたり気だるし

七月二日　半夏生

緑揉むちからはいづくゆか来たりいづくを渡る今日半夏生

七月三日　吉川宏志氏と対談

生前といふ語をつかひ語るときやや離《さか》りゆく岡井隆は

七月四日　存在と時間

時熟して時は到来するといふ梔子《くちなし》の実の青むかたへに

七月五日　妹の誕生日

待ち設けたる女子《をみなご》に夕夏《ゆか》といふ名前をつけし若き父はや

七月六日　机上

手の甲に乳房が当たりゆつくりとひしやげる感じ、われは知らずも

七月七日　私は下戸

剣菱といふ日本酒を戴きていただきしまま隣人に遣る

七月八日　「羸痩」といふ病状

羸《るい》といふ文字の密度が恐ろしい　そのなかにうずくまる子羊

七月九日　隣人から

この前のお返しとして持ち来たる艶めく茄子の紺の五《いつ》ふり

七月十日　雨濯

過去が詩を呼ぶのだ、不意に開かれた郵便受けがずぶ濡れてゐる

七月十一日　未来短歌会理事会

ふとももに濡れたる傘が冷ゆるころ電車は大久保駅を過ぎたり

七月十二日　偶成

追憶は細部に及び火のなかに籐ほどけつつ燃えてゆく椅子

七月十三日　マン「ブッデンブローク家の人々」

たそがれてゆくものなべて麗しく長男が弾く長き装飾楽句《カデンツァ》

七月十四日　同

叔母といふ年上のひと口づけを矢鱈めつたら頬に降らして

七月十五日　時間

「もはやない今」と「まだない今」の間《ま》の暗谿《くらだに》にさまよう、永遠が棲む

七月十六日　ウガンダ重量挙げ選手

「日本で仕事がしたい」と書き残し失踪したるジュリアス・セチトレコ

七月十七日　セチトレコ

グダグダとなりたる夏のこの国の日照りの底を流離《さすら》ふらむか

七月十八日　高校野球三重県大会

敗れたる若者は立つその頬を涙のくだるままに任せて

七月十九日　「フェリックス・クルルの告白」

指とゆび擦《こす》りあはせて麵麭《ぱん》屑《くづ》を卓布の白きおもてに零《こぼ》す

七月二十日　セチトレコ四日市市にて発見

涙ぐみながら聴取に応《こた》へしとニュースは告げぬいたく短く

七月二十一日　ウガンダへ帰国

泉佐野市職員に深き礼《ゐや》をして帰路に就きたり二十歳の彼は

七月二十二日　微睡

わが腕の臂から下がわが膝のうへに落ちたり午後の電車に

七月二十三日　午後十時

蠍座が寝そべりはじめ南《みんなみ》の地平を低く移らむとせり

七月二十四日　東京五輪

観客のなきスタンドは深々と塗られし椅子があをく連なる

七月二十五日　地下鉄伏見駅

対岸に灯るホームに出でむため地下の通路の湿りにくだる

七月二十六日　偶成

夏休みまだだいぶあり風を浴びてこれから出来ることのいろいろ

七月二十七日　祓川

夕つ陽にあかるむ枝《えだ》がもう翳りはじめむとする川面に映る

七月二十八日　柔道女子70kg級準決勝

襟締めをされて落とされゆくときの眩暈と恍惚を思へり

七月二十九日　一回目の接種予約

おそらくは長月半ば、垂らしたるわが腕《ただむき》を打つ銀の針

七月三十日　祓川

黒き鵜と白き鷺いま交叉して曇れる空へ没《い》りゆかむとす

七月三十一日　庭

黄のいろをあかく汚して酢漿草《かたばみ》の花は萎《しな》えぬ抒情詩のごと

八月

八月一日　偶成

若き日にわれは懼《おそ》れき制服の布のむかうにある乳房たち

八月二日　指導と信従

ドン・コルレオーネと低く呟きて御《おん》前《まへ》に諸《もろ》膝《ひざ》を折りたり

八月三日　松阪駅前

白骨《しらほね》のごとき日傘を腋《わき》ばさみ薄衣のひとは日陰に入りぬ

八月四日　車中

銀灰のフードをかぶり冷房の風の下りくる席に耐へをり

八月五日　微熱

夏風邪をひきて臥しゐし夕ぐれの目覚めのときはさびしきものを

八月六日　秋隣

思つたよりも夏はみじかく餡蜜の半透明に沈んだ小豆

八月七日　立秋

葉の尖《さき》がゆらげるなへに叢《くさむら》のうちなる影が伸縮をする

八月八日　祓川清掃ボランティア

葦の根をわけて芥をひろふとき舟べりはわが重みに傾《かし》ぐ

八月九日　ゾラ「テレーズ・ラカン」

使嗾して夫《つま》カミーユを殺めたるテレーズおぞましきまでに美《は》し

八月十日　同

殺めたる夫《つま》の腐肉のつめたさに膚接して為す交媾あはれ

八月十一日　墓地清掃

昼顔の実や露草の花などを毟りむしりて汗あえてをり

八月十二日　午前四時

薄あをむ夜明けの時を色彩がよみがへり来むまでを醒めゐつ

八月十三日　庭

いぬつげのまろ実に白き粉《こな》噴きてふかぶかとこの夏も爛《た》けゆく

八月十四日　Zoom 選考会

大いなる手があらはれて緘黙の声のミュートを解《ほど》かむとせり

八月十五日　盂蘭盆

さうだつた、やけに冷ややかだつたのは前をゆく若僧《にやくそう》の眼くばせ

八月十六日　祓川

暗緑を映す水面《みなも》に繍《ぬひとり》をされたるごとき水紋うごく

八月十七日　眠り

ヒュプノスとなつてあなたの目蓋《まなぶた》の下へとそつと忍び込めたら

八月十八日　休暇明け

葉の影が幹の裏よりまはり来て樟《くす》の木は夏の午後となりたり

八月十九日　宵

無花果の葉がむらがれる薄闇のかたはらをゆく脅かされて

八月二十日　ＢＳ

北方の海はわびしく荒れ騒ぎクールベの絵のごとき夕暮れ

八月二十一日　悪夢

数かぎりなき貝たちが坂道を這ひのぼり来て両脚を舐《な》む

八月二十二日　CSは遠い

三番手投手が滅多打ちにされ帰趨さだまる中日あはれ

八月二十三日　蒼滝

岩の稜《かど》にぶち当たるとき拳《こぶし》大の塊となり落つる水あり

八月二十四日　冬道麻子「梅花藻」

ふるさとに芹蕎麦を茹でてゐる夢を見たりしといふその歌かなし

八月二十五日　今夏たくさん頂戴した

虫喰ひとなりたる紫蘇の葉を散らし素麺を食ふ今年最後の

八月二十六日　昨日

夜半すぎて降りはじめたる雨を聞くわが誕生日しづかに果てて

八月二十七日　カブール空港

輸送機の翼に縋りつく人を振りおとしふりおとし発ちたり

八月二十八日　米国

手を出してぐだぐだにせしアフガンをぐだぐだにせしままに見棄つ

八月二十九日　同

みづからを普遍と信じ疑はぬ傲慢が為し来たる様々《さまざま》

八月三十日　雨の多い夏だつた

晩《おそ》夏《なつ》の湿りのなかに啓《ひら》かれて今朝戛《かつ》々《かつ》と緊りゆく塩

八月三十一日　コメダ川井町店

ひつそりと椅子を拭はむ人あらむ私がここを立ち去つたなら

九月

まなざしをあぐればハンク・モブレーの音色のやうな雲が浮かんで

九月二日　共感した言葉

本を出してもいつたい誰が読むのかと歌友さいかち真《しん》は嘆きぬ

九月三日　庭

百日紅なかば実となる初《はつ》秋《あき》の風の過ぎたる揺曳のさま

九月四日　連敗

ダルビッシュ、即ち修道僧の謂《いひ》にして貧せる者といふに由来す

九月五日　大府から

水滴のしたたるままに手のひらのぶだうの房の紺が重りて

九月六日　４Ｋリマスター版「ウルトラＱ」

濃《こま》やかになりたる白の諧調の薄靄のなかに沈む東京

暗緑の葉のあはひより土用芽の樟の若枝《わくえ》のみづみづとして

九月八日　庭

夏薔薇の株を日陰に植ゑかへて風のなか蕭条と立ちたり

九月九日　「ヴィルヘルム・マイスターの修業時代」

払暁に目ざめたるとき窓の辺の月明はわがひだりを刷いて

九月十日　法隆寺秘仏、ＢＳにて

秋風のなかに吹かれて長身の救《く》世《せ》観音のなびかふ裳裾

九月十一日　米国、あれから二十年

乾きたる拳と踵《きびす》とをもちて恣《ほしいがまま》に蹂躪をせり

九月十二日　堀坂山

黄のいろを帯びたる丘に初《はつ》秋《あき》の悲しみを呼ぶ風は聞こえて

九月十三日　アース凍らすジェット

夜の蜘蛛を壁の隙間に追ひつめて凍てたる霧といふを噴き当つ

九月十四日　午後

ひとしきり過ぎし驟雨に濡れそぼちいまだ滴れる幹の裂け傷

九月十五日　ワクチン接種、発熱

若き日の思ひのごとくはんなりと兆す火照りのなかをたゆたふ

九月十六日　秋霖

雨音に耳の澄みゆく感覚はいつよりのこと夜半にめざめて

九月十七日　イオンモール明和

クリスティンどこにゐるのといふ声がフードコートに響く夕どき

九月十八日　夜

その裏に星座を隠し片翼《へんよく》のかたちに夜の雲がひろがる

九月十九日　偶成

沈黙にあらずんば耐ふる能はずと嘆かひにけり声に出だして

九月二十日　敬老の日

鍵束の鍵かろらかに触れあひて涼しく朝に韻《ひび》くその音

浮かれ女《め》のフィリーネが声にうたふとき夜《よ》は現《うつ》し世の美《は》しき半身

九月二十二日　通勤途上

前をゆくプリウスのリアウインドにほどけてしまひさうな鯖雲

九月二十三日　祓川

背の筋の青あたらしき翡翠《かはせみ》はこの夏巣立ちしたるわかもの

九月二十四日　「ヴィルヘルム・マイスターの遍歴時代」に入る

山羊の背に母を運びぬ深《ふか》谿《だに》に降りゆく坂の砂を踏みつつ

九月二十五日　雨

指さきに触《さや》るマウスがねばついて曇りの翳《かげ》の繁くなる午後

九月二十六日　塗り絵

さみどりの彩《いろへ》の差異をさぐりつつ貘の背中を塗りあぐる指

九月二十七日　雨

曼殊沙華白びて崩《く》えてゆく様《ざま》もこの旬日の朝々に見き

九月二十八日　伝言

戸ざしたる昼間の部屋に錆いろの猫を抱《いだ》きてゐしと告げ来ぬ

九月二十九日　河畔

榎の実黄《き》なる紅《べに》なる緑なるさまざまにして葉の蔭に寄る

九月三十日　九月尽

椿の実ざつくりと裂け大谷が失速したる九月終りぬ

十月

底《そこ》紅《べに》の木槿のしろき花びらの縁《へり》ちぢれたるごときぎざぎざ

十月二日　Zoom

歌会をしてゐる窓を十月の雲がよこぎるあはく縺れて

十月三日　六年ぶり

さしぐめる心となりて聞いてをり山田富士郎北越のこゑ

十月四日　松名瀬海岸

眩耀は次第に失《う》せて暗緑のひと色となる海は見えたり

十月五日　引退

白き身の背をひるがへし白鵬が最後の塩を取りにゆく様

十月六日　明野駐屯地

秋の陽のなかなる野外階段がひとの身体《からだ》を空へと運ぶ

十月七日　熊本観光牧場より脱走

十月のむなしく乾く國土《くにつち》をエミュー逃亡せよ、永遠《とことは》に

十月八日　寒露

静観は虚しくあれど静観に均《なら》されてゆく悲しみあまた

十月九日　贈物

紅色のストールを肩に纏はせて旋回したり秋のあなたは

十月十日　旧体育の日

栗の毬ふみしだかれて乳いろにうるほふ皮の内側は見ゆ

十月十一日　休日だつた筈の月曜

祝日のやうな静寂、枝かげのひとつところに鴨ら游《あそ》びて

十月十二日　講演中止

青森にゆかず松山にもゆけぬままに半ばを過ぎたり秋は

十月十三日　職域接種

二回目の接種を終へて「と来《く》りや、もう、こちとらのもんでい」と思へり

十月十四日　卓

曲率を帯びたるは美《は》し灯《ともしび》の下にかがよふ匙も白磁も

十月十五日　部屋

視野じよじよに欠けゆく日々を告げながら傍らのひとは眠りに入りぬ

十月十六日　マン「混乱と稚き悩み」

昼と昼のあはひに夜《よる》の深淵が恩寵として横たはりをり

十月十七日　祖母かつ十三回忌

深秋の空は暗むとおもふまで青の彩度のきはまる午前

十月十八日　祓川

川の曲《たを》すぎなば秋の陽を浴びて身は余すなく曝《ばく》せられなむ

十月十九日　五限目

窓枠に身をゆだぬれば室外機よりしたたれる水の音する

十月二十日　カーラジオ

チャカ・カーンの声が聞こえてたちまちに一九八一年の秋

十月二十一日　鷗外「伊澤蘭軒」

詩のなかに紫繡毬といふ花の名あり掬《きく》すべしその蒼古たる香を

十月二十二日　雨

葛の蔓枝《えだ》より垂れて川の面《も》をちひさく叩く律を帯びつつ

十月二十三日　感染者減少

コロナ下の静謐の日々が去つてゆく名残り惜しいと言ふにあらねど

十月二十四日　父の梅

放埒《はうらつ》に伸びて乾きし徒長枝《とちやうし》を無手勝流に打ち落としたり

十月二十五日　寒

道端の草々はけさ枯れ伏してしとどに濡れぬ、はやも時雨か

十月二十六日　「伊澤蘭軒」読み泥む

曖昧に訓点を打ち蹇《あしなへ》の宿痾を嘆く書《しよ》牘《とく》読みゆく

十月二十七日　偶成

高低も前後もあらぬ暗闇を「永遠だ、これは永遠」と言ひたり

十月二十八日　雨

ひとの背にさしあぐねたるひと振りの傘ありき秋雨のさなかに

十月二十九日　父が好きだつた女優

旅といふ文字を思へばそのかみの「心の旅路」グリア・ガースン

十月三十日　小池光氏へ

旧仮名の而《しか》も文語の叙景歌を糟糠として舐めまはし来ぬ

十月三十一日　百五銀行店頭

さざめきて追ひかけつこをしてをりし枯葉の渦は所を換へぬ

十一月

十一月一日　偶成

蘖《ひこばえ》の穂に射すひかりうつくしく十一月は死者多き月

十一月二日　「伊澤蘭軒」後半

蘭軒の没後にはかに放《はう》埒《らつ》になりゆく筆致そを読みてゆく

十一月三日　文化の日

贅《ぜい》瘤《りう》のごとき榠《くわ》樝《りん》がぶらさがり揺れしづみたる裸《はだか》枝《え》はみゆ

十一月四日　アフガニスタン

タリバンにいまだ草《さう》莽《まう》の香はありと思はむとせり微かなれども

十一月五日　雨

街上にまなこつむれば雨音は町の形をなぞりて降り来《く》

十一月六日　部屋

蛾の翅のごとく鎖骨が展《ひら》かれてうつくしかりし、あれはいつの夜《よ》

十一月七日　深更

くちびるを解《ほど》く、飽和をした夜《よる》が耳もとにまで近づいて来て

十一月八日　ヴィンテージ・サックスの相場

わが楽器セルマー・マークⅥ《シックス》は中古で売れば約四十万

十一月九日　午後

口角の垂れて老いゆく犬とゐてあなたはしづか陽の射す廊に

十一月十日　九歳

犬は死を何と思ふか死をおもふことなく逝かむこの犬羨《とも》し

十一月十一日　初更

鎌首を闇にもたげて南《みんなみ》に星影くらき鶴座がしづむ

十一月十二日　シャワーヘッドを換へた

やはらかなお湯が根こそぎ毛根を洗つてくれると言はれて買ひぬ

十一月十三日　夢

死んだのに、死んでゐるのに売店で烏賊さうめんを購《か》ふ岡井さん

十一月十四日　松坂城跡

亀甲のかたちに石が組まれゐてそのあはひより草もみぢ萌ゆ

十一月十五日　深夜便

この雨を境に秋は深まるとラジオは告げぬ払暁のこゑに

十一月十六日　朝

ふむるると身ぶるひをして反転に移らむとする洗槽あはれ

十一月十七日　「伊澤蘭軒」終盤

蘭学に逐《お》ひ遣られゆく儒者どもの嘆かひを聞くわが声のごと

十一月十八日　農業棟

おもむろにかきくもりたる午《ひる》まへの濁れる雲はいづくゆか湧く

十一月十九日　コメダ川井町店

コルトレーンの「コートにすみれを」が流れきて優しき時はなべて過ぎにき

十一月二十日　裏路

散り敷ける朴の落葉はおほよそは裏がへされてその白を見す

十一月二十一日「伊澤蘭軒」読了

一族の名前の下に没年をつぎつぎに点《う》ち筆を擱《お》きたり

十一月二十二日　祓川

あつけない冬の訪れ露霜にひかる中洲に黄鶺鴒きて

十一月二十三日　Return to Forever

ファルセットボイスにそつと添へられてアドナインスの響きやはらか

十一月二十四日　チェーホフ「ワーニャ伯父さん」

姪といふ存在が来て膝の上《へ》に夜半《よは》あたたかく流しし涙

十一月二十五日　祓川

川岸に朽ちゆく舟を覆ひたる粗草《あらくさ》さへや草もみぢして

十一月二十六日　父がよく使つた

茶封筒のうらがはに紐を掛けむため革《かは》のタックのありたる昭和

十一月二十七日　神社掃除

冷えまさる朝の正しき陽をあびて竹箒立つ小屋の右端

十一月二十八日　西幕下八枚目

大辻といふ若者が負け越して大相撲十一月場所は終はりぬ

十一月二十九日　本州漂着

われといふ湊《みなと》にしろく漂へるかなしみの軽石が寄り来る

十一月三十日　荒井由実「旅立つ秋」

今夜とほく旅立つ秋があつさりと右の手首をすりぬけてゆく

十二月

十二月一日　冬着

やや甘き匂ひは去年《こぞ》のわれの香とおもひぬ冬のダウンを着れば

十二月二日　チェーホフ「サハリン島」

地の涯《はて》といふ幻影はいまだ若き医師チェーホフを苛《さいな》みにけむ

十二月三日　同

荒涼とせる流刑地と言へるのみ十九世紀末のサハリン

十二月四日　散髪

髪を切る鋏の音が首筋のうしろをめぐり耳もとに来つ

十二月五日　灯下

きぞ梳《す》かれたるわが髪の断片が歌集の歌にはすかひに落つ

十二月六日　クロダモとも言ふ

つややけき藪《やぶ》肉《にく》桂《けい》の葉を嚙めばひとすぢ繊《ほそ》き風が立ちきぬ

十二月七日　晴

閉ざしたる瞼のうへにくちづけをしにくる感じ冬の陽射しは

十二月八日　河畔

とりどりにありし榎の粒の実もおしなべて褐《かち》の色に沈みぬ

十二月九日　マックスバリュ金剛坂店

自転車を両手で押して畦《あぜ》みちの草枯れわたるところを踏みぬ

十二月十日　午後七時過ぎ、南南西の空

濃緑に滲む火球がくれなゐの火の粉をこぼし砕け散りたり

十二月十一日　無垢

呪はうとして呪ひしにあらなくに人は苦しむひとの怨《うら》みに

十二月十二日　彼も下戸

獺祭を咁《ふく》めばおもふ一合に酔ひて試験に落ちたる子規を

十二月十三日　竹群

枝先を擦りあはせゐる竹のこゑ時にせせらぐごとく聞こえ来《く》

十二月十四日　雨

びしよぬれの子犬のやうな軽トラが氷雨のなかをゆく耳立てて

十二月十五日　佐藤歯科

指とゆび組みあはせ目を閉ぢてをり歯科医の椅子のうへにわれは死者

十二月十六日　「腕弛し」が語源

かいだりは気だるき伊勢の言葉にてそのかいだりの底にわれあり

十二月十七日　早朝

ことごとく見つくしたれば、もういい　つゆじもの草はらがあかるい

十二月十八日　就寝前

冷えわたる夜半《よは》の三和土《たたき》にひつそりと肉球を捺《お》す脚のありたり

十二月十九日　寒

衰へてゆくのならそれもよからむに玄帝といふ昏《くら》き皇《すめろぎ》

十二月二十日　収穫

外輪船のごとく翼をめぐらして大豆の莢を刈り取りてゆく

十二月二十一日　横断歩道

わたしごときのために停まつて戴いてあひすみませぬと思ひて渡る

十二月二十二日　冬至

残照のひかりを浴びて苦しむか蛇行を撓められたる川は

十二月二十三日　述懐

おもほゆればば歌にかかはる友のほか友と呼ぶべきひとりだになし

十二月二十四日　午後

色彩が視野の左を飛びゆくと思ひゐる間に微睡《まどろ》みにけむ

十二月二十五日　尾鷲の干物

歳々にかんぴんたんを賜りし仲宗角氏恙《つつが》あらすな

十二月二十六日　県道四二八号線

吸殻が雨後の道路の罅われの谷間に落ちてをりたり白く

十二月二十七日　開花

年の内に菜の花が咲くふるさとの伊勢生かされてわれは住み果つ

十二月二十八日　土屋文明全歌集

大甘に見ても「自流泉」あたりまで文明の史的意義をいふなら

十二月二十九日　どこへ行つたのか

川下に塒《ねぐら》を移したるらしく雨の日ののち翡翠《かはせみ》を見ず

十二月三十日　深更

黄金の酢に浸したる乳いろの牡蠣の匂ひも既に暮れたり

十二月三十一日　早朝

縹渺と風に圧されて飛ぶ鳶を夜明けの寒き空に見たりき

あとがき

この歌集は、二〇二一年の一年間、「ふらんす堂」のホームページに連載した「短歌日記」をもとにして編んだものです。私にとって九冊目の歌集になります。

二〇二一年三月三十一日、私は三十六年間つとめた三重県の県立学校の教諭を定年退職しました。その四月から自宅近くの高校で週三日間、再任用の教諭として働いています。居室の進路指導室の前にどっしりした古い樟の木があり、重く鳴る葉の音やしたたり落ちる雨音を聞きながら日々をすごしました。「樟の窓」という歌集の題名はそこからつけたものです。

新型コロナウイルスの猛威はこの年もおさまらず、日本は第三波から第五波まで三度にわたる感染拡大に襲われました。この歌集の歌々は第六波がやってくる直前で終わっています。短歌関連の集まりの多くが中止になり、こころ塞ぐことも多い日々でしたが、私自身について言えば、案外静かな日々であったような気もします。今まで読めなかった長い小説を読む楽しみも知りました。

この一年、毎日一首以上の歌を作ろうと思い、自分を励ましてきました。すぐやってくる締め切りを意識しながら、深夜、その日起こった出来事を反芻する。その体験はとても豊かで楽しいものでした。私はつくづく歌が好きなのだと再確認しました。
貴重な体験を与えてくださった山岡喜美子さんと山岡有以子さんに深く感謝します。ありがとうございました。

二〇二二年二月二十四日　ロシア軍の侵攻が始まった朝に

大辻隆弘

著者略歴

大辻隆弘（おおつじたかひろ）

1960年　三重県松阪市出身。歌人。一般社団法人未来短歌会理事長。歌誌「未来」編集発行人・選者。岡井隆に師事。

歌集『抱擁韻』により現代歌人集会賞。『デプス』により寺山修司短歌賞。『景徳鎮』により齋藤茂吉短歌文学賞。

他に『水廊』『ルーノ』『夏空彦』『兄国』『汀暮抄』。

歌書『アララギの脊梁』により島木赤彦文学賞・日本歌人クラブ評論賞。『近代短歌の範型』により佐藤佐太郎短歌賞。他に『子規への溯行』『岡井隆と初期未来』『時の基底』『対峙と対話』（吉川宏志との共著）『子規から相良宏まで』『佐藤佐太郎』。県立学校国語科教諭。

樟の窓 kusunoki no mado 大辻隆弘 Takahiro Otsuji

2022.06.23 刊行

発行人　山岡喜美子

発行所｜ふらんす堂

〒182-0002 東京都調布市仙川町 1-15-38-2F

tel　03-3326-9061　fax 03-3326-6919

url　www.furansudo.com　email　info@furansudo.com

装丁｜和　兎

印刷｜日本ハイコム㈱

製本｜㈱新広社

定価｜ 2200円＋税

ISBN978-4-7814-1465-2 C0092 ¥2200E

2007 十階 jikkai

東直子 Naoko Higashi

2010 静かな生活 shizukana seikatsu

岡井隆 Takashi Okai

2011 湖をさがす umi o sagasu

永田淳 Jun Nagata

2012 純白光 jyunpakuko

小島ゆかり Yukari Kojima

2013 亀のピカソ kame no Picasso

坂井修一 Shuichi Sakai

2014 午後の蝶 Gogo no chou

横山未来子 Mikiko Yokoyama

短歌日記シリーズ　定価2000円+税　以下続刊

2015 無縫の海　muhou no umi
高野公彦　Kimihiko Takano

2016 南の窓から　minami no mado kara
栗木京子　Kyoko Kuriki

2017 光の庭　hikari no niwa
伊藤一彦　Kazuhiko Ito

2019 オナカシロコ　onakashiroko
藤島秀憲　Hidenori Fujishima

2020 天窓紀行　tenmadokikou
川野里子　Satoko Kawano